Pantagruel

FichesdeLecture.com

Pantagruel
(Fiche de lecture)

I. INTRODUCTION

Les horribles et épouvantables faits et prouesses du très renommé Pantagruel Roi des Dipsodes, fils du Grand Géant Gargantua, plus connu sous le nom de *Pantagruel*, est le premier roman de Rabelais et a été publié en 1932. Il l'a d'ailleurs publié sous le pseudonyme d'Alcofrybas Nasier, qui est l'anagramme de François Rabelais.

II. RÉSUMÉ DE L'OEUVRE

Le roman de Rabelais, qui relate les aventures du géant Pantagruel, fils de Gargantua, est composé d'un prologue et de 23 chapitres.

Prologue

Rabelais s'adresse directement au lecteur pour lui présenter son ouvrage et son héros éponyme, Pantagruel. Il annonce donc aussi bien « les horribles faits et prouesses de Pantagruel » que le succès d'un livre « un peu plus équitable est digne de foi » que ne l'est la Bible ! Il apostrophe ainsi le lecteur en le menaçant de mille tortures si ce denier ne croit pas au récit qui va suivre. Le ton est donné et Rabelais va s'y tenir tout le long du récit.

Les chapitres I à IV : naissance et l'enfance de Pantagruel

Rabelais raconte les origines de Pantagruel et remonte à l'ancêtre de Pantagruel, Urtaly, le premier des géants, qui ne put entrer dans l'Arche de Noé à cause de sa taille. **(Ch.I)**

Mais Babedec, la mère de Pantagruel mourut après l'accouchement, n'ayant pu supporter le poids et la taille du nouveau-né. Malgré cela, une des sages-femmes voit un bon présage en la naissance de ce garçon surdimensionné : « Il est né à tout le poil, il fera choses merveilleuses : et s'il vit, il aura de l'âge ». **(Ch.II)**

Pendant ce temps, Gargantua, le père de Pantagruel, ne sait comment réagir à la mort de sa femme. Il est à la fois triste de la savoir morte et heureux de voir le beau fils qu'elle lui a donné. **(Ch.III)**

Pantagruel grandit et grossit de manière spectaculaire. « À chacun de ses repas il humoit le laict de quatre mille six cens vaches ». **(Ch.IV)**

Chapitres V à XV : Voyage et séjour de Pantagruel à Paris

Quand Pantagruel est assez âgé, son père décide de l'envoyer à l'école. Pantagruel va à Poitiers puis décide de visiter les autres universités de France : La Rochelle, Bordeaux, Toulouse, Montpellier… etc. Il n'y apprend rien, mais à chaque fois s'amuse et profite de la vie étudiante. **(Ch.V)**

Puis Pantagruel veut se rendre à Paris. Sur le chemin il rencontre un « Lymousin qui contrefaisoit le [langaige] françoys » **(Ch.VI)** et il accomplit l'exploit de soulever une énorme cloche qui était à terre depuis rois cent ans et que rien ni personne n'avait réussi à soulever **(Ch.VII).** Il décide d'aller à Paris où sa réputation l'a précédé.

Après quelques temps passés à Paris, son père lui envoie une lettre où il exprime le vœu de former son fils à toutes les disciplines dont un honnête homme a besoin : littérature, science, religion etc. Il ambitionne en effet de faire de Pantagruel un homme de science accompli, qui a des connaissances dans tous les domaines. **(Ch.VIII)**

À Paris, Pantagruel fit une rencontre déterminante, il « trouva Panurge, lequel il aima toute sa vie ». Pantagruel est pris d'amitié d'une grande amitié pour cet homme qui dit avoir vécu plus d'aventures qu'Ulysse. **(Ch.IX)**

Suite à la lettre de son père, Pantagruel veut tester l'étendue de son savoir : il se lance donc dans toutes sortes de concours de rhétoriques qui rassemblent les plus grands savants universitaires et théologiens. Il réussit même à résoudre un litige entre deux seigneurs dont personne avant lui n'avait trouvé la solution. **(Ch.X)**

Pendant ce temps, son nouvel ami Panurge lui raconte la manière dont il a été délivré des Turcs **(Ch.XI),** lui enseigne la bien curieuse manière qu'il a de bâtir les murailles de Paris **(Ch.XII)** et lui parle enfin de lui et la façon dont il a su gagner de l'argent.

Un jour, un savant anglais, Thaumaste, veut discuter philosophie et met au défi Pantagruel de débattre avec lui par signes, sans parler. C'est finalement Panurge qui le remplace, et au terme d'une série de signes loufoques, finit par remporter le débat. **(Ch.XIII)**

Reconnu vainqueur et admiré par tous dans Paris, Panurge tombe amoureux d'une « grande dame de la ville ». Mais celle-ci refuse ses avances. Pour se venger, il lui joue un mauvais tour et verse sur elle une poudre qui attire tous les chiens de la ville.**(Ch.XIV)**

Chapitres XV à XXII : Pantagruel quitte Paris pour défendre son pays

Encore à Paris, Pantagruel apprend que son père a été enlevé, que les Dispodes ont envahi le pays d'Utopie et que la ville des Amaurotes est assiégée. Il décide de prendre la mer avec des compagnons. Une fois sur le bateau, il trouve la lettre qu'une dame lui a laissée et qu'il essaie de déchiffrer. L'équipée arrive enfin à destination et s'apprête à descendre du bateau. **(Ch.XV)**

Une fois à terre, Pantagruel et ses compagnons affrontent victorieusement 660 chevaliers et font un prisonnier qui les renseigne sur la composition de l'armée qu'ils vont devoir affronter. **(Ch.XVI)**.

Pour fêter cette victoire, Pantagruel et Panurge décident d'élever chacun un trophée. D'un « pet », Pantagruel engendre ce soir-là une tribu de pygmées. **(Ch.XVII)**

Pantagruel décide ensuite de défier le roi Anarche et son armée. C'est en noyant le camp entier par son urine que Pantagruel sort victorieux de cet affrontement. **(Ch.XVIII)** Il doit ensuite se mesurer à Loupgarou, un géant qui essaie de le battre avec une massue de pierre géante. Au terme d'un combat sanglant, Pantagruel tue le géant Loupgarou. **(Ch.XIX)**

Al l'issue de ces combats, tous les compagnons de Pantagruel sont sains et saufs Epistémon dont on retrouve le corps sans vie et la tête tranchée. Panurge promet à Pantagruel de lui rendre la vie et il lui réajuste la tête sur le corps. Une fois en vie, Epistemon leur raconte son voyage en enfer : les seigneurs de ce monde-ci deviennent les pauvres de l'enfer. **(Ch.XX)**

Pantagruel et ses compagnons arrivent enfin dans la ville des Amaurotes et font annoncer que leur roi Anarche a été fait prisonnier. Il décide de partir aussitôt pour le royaume des Dipsodes tout en laissant le roi Anarche aux bons soins de Panurge, comme il l'avait promis. Panurge fait alors du roi un crieur de sauce verte et le marie à une femme qui passera sa vie à le battre. **(Ch.XXI)**

Pantagruel entre pendant ce temps en terre des Dipsodes et tout le monde se rend sauf les Almyrodes. Alors qu'il se met à pleuvoir, Pantagruel tire la langue pour protéger ses hommes et le narrateur entre dans sa bouche. Il découvre alors qu'il y a tout un monde qui s'active dans l'organisme de Pantagruel. **(Ch.XXII)**

Chapitre XXIII : Fin (et suite)

Pantagruel tombe malade et souffre d'un mal terrible à l'estomac. Pour le soigner, on lui fait avaler des pilules contenant chacune un homme.

Le narrateur promet enfin une suite des aventures de Pantagruel en annonçant déjà le mariage de Panurge et quelques aventures de Pantagruel.

III. ANALYSE DES PERSONNAGES PRINCIPAUX

Pantagruel

C'est le héros éponyme de l'ouvrage de Rabelais, on s'attend donc à ce qu'il ait le rôle principal. Et en effet, le narrateur fait bien le récit de la vie de Pantagruel : il relate ses origines et sa naissance, sa jeunesse, sa vie étudiante puis ses aventures diverses.

Pantagruel est un personnage très sur de lui, souvent irresponsable, mais qui a toujours un bon fond. Il prend la vie du bon côté et aime profiter des bonnes choses qui lui sont offertes. Bref, c'est un bon vivant qui aime boire et manger.

Néanmoins, il est loin d'être idiot, même s'il n'a pas fait les études que désirait son père. On trouve chez lui cette curiosité et cette volonté de découverte qui anime la plupart des personnages de Rabelais et qui correspond à l'esprit du XVIe siècle.

Panurge

Panurge est lui aussi un personnage important, qui devient peu à peu central. Il apparait en effet à peu près au milieu du récit. Par ailleurs, Pantagruel, qui se prend d'une véritable amitié pour lui, lui donne une place importante dans sa vie. Compagnon fidèle et intrépide, conseillé, ami, Panurge suit fidèlement Pantagruel, non sans connaître ses propres aventures et voler parfois la vedette à Pantagruel. Panurge en effet est un personnage rusé, et le couple Pantagruel/Panurge est intéressant à analyser : qui est le roi, qui est le bouffon ? Les deux sont nécessaires l'un à l'autre et c'est la raison pour laquelle ils ne se quitteront plus.

Gargantua

Père de Pantagruel et héros du deuxième roman de Rabelais, Gargantua ne prend pas une place prédominante dans ce premier ouvrage. Il est passif, c'est clairement Pantagruel qui fait l'action. Gargantua semble ne pas maitriser son fils : du berceau à son éducation, il n'a pas réellement d'influence sur lui. Il a voulu l'attacher au berceau, mais Pantagruel était plus fort. Il a voulu faire de lui un homme de science, mais Pantagruel s'est contenté de parcourir les villes universitaires pour le plaisir de la visite.

Cependant, Gargantua permet sans doute à l'auteur de nous livrer son idéal d'éducation : éveiller la curiosité des enfants et les initier à toutes les sciences afin qu'ils deviennent des « honnêtes hommes ».

IV. ANALYSE DES THÈMES ET DU STYLE

Gigantisme et humour

Tout semble grandi et exagéré chez Rabelais : le héros est un géant dont le père a « quatre cent quatre-vingts quarante et quatre ans », il accomplit des actions incroyables et burlesques, rencontre des personnages hauts en couleur, mange et boit « comme un ogre » et ne passe pas une journée sans qu'il n'arrive quelque aventure.

Rabelais se cache souvent derrière la farce et le rire pour faire passer ses messages. Il s'inspire du folklore et de la farce orale populaire. Il joue donc de cette exagération à tous les niveaux : en faisant de ses héros des géants, il peut se permettre de souligner certains défauts humains, tout en prenant une certaine distance. Il peut alors les mettre dans des situations rocambolesques qui ont pour unique but de souligner le ridicule de nos comportements. Il utilise ces géants pour pouvoir tout dire. De la même manière que Montaigne, après lui, se cachera derrière le regard de deux étrangers pour critiquer la société française.

Sous l'aspect grotesque et fantastique se cache en effet un sens plus profond.

Rabelais se moque de tout : il se moque des historiens (Ch.I) quand il fait la genèse ridicule de Pantagruel sous le prétexte que « tous bons historiographes ainsi ont traité leurs chroniques ». Il se moque aussi des philosophes et pseudo-intellectuels (Ch.XIII) ou encore des juristes (Ch.X) avec leur jargon incompréhensible. Il se moque enfin des ecclésiastiques à plusieurs reprises.

L'Humanisme

Annonçant un auteur comme Montaigne, Rabelais montre un profond humanisme. Comme lui, il place la curiosité et l'importance du savoir au centre de sa philosophie. Il prône la tolérance vis-à-vis de la différence (voir chapitre XXIII). Il croit profondément en l'homme et en se capacité d'émancipation. C'est la raison pour laquelle il fait tant voyager Pantagruel : le voyage enrichit la culture et ouvre les esprits. Il s'agit d'un modèle d'éducation, basé sur l'expérience qui va aussi marquer les auteurs de la Renaissance.

La religion

De nombreuses controverses ont eu lieu quant à l'athéisme de Rabelais. Il faut cependant remettre les choses dans leur contexte. Rabelais ne correspond pas aux critères rigides de l'époque pour définir un « bon » croyant. Pourtant la religion traverse son œuvre et Rabelais n'est pas avare de références, que ce soit pour se moquer d'elle ou pour souligner son idéal d'éducation basé sur une foi religieuse en accord avec la nature. Il critique donc de façon récurrente le caractère obtus de certains ecclésiastiques, les abus de la religion catholique, des juristes et théologiens et de toutes les pratiques en générale qui, loin de représenter un universalisme qui ouvre l'esprit, enferme au contraire les hommes.

Le style du roman

Au niveau du vocabulaire, ce premier roman est parfois moins riche que les autres. Rabelais se distinguera en effet par la suite au niveau du vocable employé, de la recherche d'effets de style et de la création de néologismes toujours plus drôles les uns que les autres. Pourtant déjà les références à la langue traversent le récite et amorcent une réflexion intéressante : Panurge parle 12 langues, le philosophe anglais souhaite débattre sans parler et à la fin, Pantagruel protège ses hommes grâce à sa langue et l'auteur découvre tout un monde dans la bouche de son propre personnage. Ne peut-on pas y voir une métaphore de la richesse et de la diversité du langage ?

Livre initiatique ? Farce ? Parodie et comédie ? « Pantagruel » est sans doute tout cela. Rabelais avait avant tout pour but l'amusement de son lecteur. Mais le rire ne devant pas être stérile, les leçons de vie et d'humanisme qui parcourent son œuvre lui donnent parfois une portée universelle.

Dans la même collection en numérique

Les Misérables

Le messager d'Athènes

Candide

L'Etranger

Rhinocéros

Antigone

Le père Goriot

La Peste

Balzac et la petite tailleuse chinoise

Le Roi Arthur

L'Avare

Pierre et Jean

L'Homme qui a séduit le soleil

Alcools

L'Affaire Caïus

La gloire de mon père

L'Ordinatueur

Le médecin malgré lui

La rivière à l'envers - Tomek

Le Journal d'Anne Frank

Le monde perdu

Le royaume de Kensuké

Un Sac De Billes

Baby-sitter blues

Le fantôme de maître Guillemin

Trois contes

Kamo, l'agence Babel

Le Garçon en pyjama rayé

Les Contemplations

Escadrille 80

Inconnu à cette adresse

La controverse de Valladolid

Les Vilains petits canards

Une partie de campagne

Cahier d'un retour au pays natal

Dora Bruder

L'Enfant et la rivière

Moderato Cantabile

Alice au pays des merveilles

Le faucon déniché

Une vie

Chronique des Indiens Guayaki

Je voudrais que quelqu'un m'attende quelque part

La nuit de Valognes

Œdipe

Disparition Programmée

Education européenne

L'auberge rouge

L'Illiade

Le voyage de Monsieur Perrichon

Lucrèce Borgia

Paul et Virginie

Ursule Mirouët

Discours sur les fondements de l'inégalité

L'adversaire

La petite Fadette

La prochaine fois

Le blé en herbe

Le Mystère de la Chambre Jaune

Les Hauts des Hurlevent

Les perses

Mondo et autres histoires

Vingt mille lieues sous les mers

99 francs

Arria Marcella

Chante Luna

Emile, ou de l'éducation
Histoires extraordinaires
L'homme invisible
La bibliothécaire
La cicatrice
La croix des pauvres
La fille du capitaine
Le Crime de l'Orient-Express
Le Faucon malté
Le hussard sur le toit
Le Livre dont vous êtes la victime
Les cinq écus de Bretagne
No pasarán, le jeu
Quand j'avais cinq ans je m'ai tué
Si tu veux être mon amie
Tristan et Iseult
Une bouteille dans la mer de Gaza
Cent ans de solitude
Contes à l'envers
Contes et nouvelles en vers
Dalva
Jean de Florette
L'homme qui voulait être heureux
L'île mystérieuse
La Dame aux camélias
La petite sirène
La planète des singes
La Religieuse
1984 A l'Ouest rien de nouveau
Aliocha
Andromaque
Au bonheur des dames
Bel ami
Bérénice
Caligula
Cannibale
Carmen

Chronique d'une mort annoncée

Contes des frères Grimm

Cyrano de Bergerac

Des souris et des hommes

Deux ans de vacances

Dom Juan

Electre

En attendant Godot

Enfance

Eugénie Grandet

Fahrenheit 451

Fin de partie

Frankenstein

Gargantua

Germinal

Hamlet

Horace

Huis Clos

Jacques le fataliste

Jane Eyre

Knock

L'homme qui rit

La Bête humaine

La Cantatrice Chauve

La chartreuse de Parme

La cousine Bette

La Curée

La Farce de Maitre Pathelin

La ferme des animaux

La guerre de Troie n'aura pas lieu

La leçon

La Machine Infernale

La métamorphose

La mort du roi Tsongor

La nuit des temps

La nuit du renard

La Parure

La peau de chagrin

La Petite Fille de Monsieur Linh

La Photo qui tue

La Plage d'Ostende

La princesse de Clèves

La promesse de l'aube

La Vénus d'Ille

La vie devant soi

L'alchimiste

L'Amant

L'Ami retrouvé

L'appel de la forêt

L'assassin habite au 21

L'assommoir

L'attentat

L'attrape-coeurs

Le Bal

Le Barbier de Séville

Le Bourgeois Gentilhomme

Le Capitaine Fracasse

Le chat noir

Le chien des Baskerville

Le Cid

Le Colonel Chabert

Le Comte de Monte-Cristo

Le dernier jour d'un condamné

Le diable au corps

Le Grand Meaulnes

Le Grand Troupeau

Le Horla

Le jeu de l'amour et du hasard

Le Joueur d'échecs

Le Lion

Le liseur

Le malade imaginaire

Le Mariage de Figaro

Le meilleur des mondes

Le Monde comme il va

Le Parfum

Le Passeur

Le Petit Prince

Le pianiste

Le Prince

Le Roman de la momie

Le Roman de Renart

Le Rouge et le Noir

Le Soleil des Scortas

Le Tartuffe

Le vieux qui lisait des romans d'amour

L'Ecole des Femmes

L'Ecume Des Jours

Les Bonnes

Les Caprices de Marianne

Les cerfs-volants de Kaboul

Les contes de la Bécasse

Les dix petits nègres

Les femmes savantes

Les fourberies de Scapin

Les Justes

Les Lettres Persanes

Les liaisons dangereuses

Les Métamorphoses

Les Mouches

Les Trois mousquetaires

L'étrange cas du Dr Jekyll et de Mr Hyde

L'Ile Au Trésor

L'île des esclaves

L'illusion comique

L'Ingénu

L'Odyssée

L'Ombre du vent

Lorenzaccio

Madame Bovary

Manon Lescaut

Micromégas

Mon ami Frédéric

Mon bel oranger

Nana

Ne tirez pas sur l'oiseau moqueur

Notre-Dame de Paris

Oliver twist

On ne badine pas avec l'amour

Oscar et la dame rose

Pantagruel

Le Misanthrope

Perceval ou le conte du Graal

Phèdre

Ravage

Roméo et Juliette

Ruy Blas

Sa Majesté des Mouches

Si c'est un homme

Stupeur et tremblements

Supplément au voyage de Bougainville

Tanguy

Thérèse Desqueyroux

Thérèse Raquin

Ubu Roi

Un Barrage contre le Pacifique

Un long dimanche de fiançailles

Un secret

Vendredi ou la vie sauvage

Vipère au poing

Voyage au bout de la nuit

Voyage au centre de la terre

Yvain ou le Chevalier au lion

Zadig

À propos de la collection

La série FichesdeLecture.com offre des contenus éducatifs aux étudiants et aux professeurs tels que : des résumés, des analyses littéraires, des questionnaires et des commentaires sur la littérature moderne et classique. Nos documents sont prévus comme des compléments à la lecture des oeuvres originales et aide les étudiants à comprendre la littérature.

Fondé en 2001, notre site FichesdeLectures.com s'est développé très rapidement et propose désormais plus de 2500 documents directement téléchargeables en ligne, devenant ainsi le premier site d'analyses littéraires en ligne de langue française.

FichesdeLecture est partenaire du Ministère de l'Education du Luxembourg depuis 2009.

Plus d'informations sur www.fichesdelecture.com

Notes :